橋本喜典歌集

行きて帰る

短歌研究社

行きて帰る　目次

Ⅰ　２０１２（平成二十四）年
無　為　13
いつぽんの木　16
パン屋一生　21
これはしたり　25
飲　食　29
龍に寄せて　32
Ⅱ　２０１３（平成二十五）年
春　気　37
茶房acacia　40
花便り　45

常盤まんさく　51
雲の汀　57
四季の道　61
発　条　65
待ちぼうけ　69
骰　子　72
鼓　動　76
筆　82
木蔭の花に　85

Ⅲ　２０１４（平成二十六）年

光の窓　93
み柩を　98

虹のごとしも 102
忍　耐 106
わが歌　含　長歌一首 110
砂時計 121
人間の器 124
ジーンズ 127
はしけやし 130
教育について 135
音楽家　黒澤隆朝氏 135
「学びの庭」 137
十五歳の夏 138
十六歳の夏 141
玉砕・散華 142

恩師 145
わが「歎異抄」体験　長歌 147
表　札 152

Ⅳ　2015（平成二十七）年

ゆゑにわれ在り 157
遊於藝 163
メロスは走つた 167
小さき地球 170
悲しむ日 173
手仕事 179
夕ひかり 183
影 186

初蝶 191
日常 191
身体 195
食事 197
時代 199
歌と生 203
一瞬 206
道連れ 210
どこからでも来い 216
V　2016（平成二十八）年
歌詠む木立 225
二月の桜 237

若き友らに　240
行きて帰る　243
あとがき　245

カバーきり絵　橋本敬子「ゆうやけこやけ」

行きて帰る

亡き父母に献ぐ

I

2012（平成24）年

無為

平成二十四年三月末よりしばしば呼吸困難となる。四月六日、練馬総合病院に入院、ＣＯＰＤ呼吸器症候群（肺気腫）と診断される。また新たな病歴を加えてしまった。

哲学堂の桜を思ひただ静かにただにしづかにベッドに在りぬ

四月八日天上天下を指さしてすつくと立ちし童子ありにき

四月八日先師の歌を諳じて垂るる項《うなじ》をふたたび上ぐる

四月七日午後の日広くまぶしかりゆれゆく如くゆれ来る如し
窪田空穂絶詠（昭和四十二年）

死支度致せ致せと一茶の句いやだいやだとさくらにおもふ

現実は虚々実々と移りをり運命を思ひさくらをおもふ

点滴の四時間余り電子辞書に遊びてわれに知識増えたり

何を残し何を消さむか選択といふは一生《ひとよ》に限りあらずも

無為即ち静養なれば唯今の無為に意味あり佇む雲よ

いつぽんの木

喫煙歴を問はれてゐたりむらさきの煙《けむ》のかなたの吸殻の山

退院の車降りたる眼交《まなかひ》を鶺鴒つつと走りてとまる

底無しの恐怖奔れりぬばたまの闇をし絞るわが呼吸音

友らみな不意に遠のく風景にいつぽんの木がそよぎてゐたり

釘の痕掌《て》になしといふ句のありて折々われは手の平を見る

萬緑やわが掌に釘の痕もなし　山口誓子

藤棚に巣づくる鳥はしばしばも隣家の屋根に八方を見る

『夜学生』より『希望』に至る七十年詩人杉山平一氏みまかる

平成二十四年五月十九日　九十七歳

回顧的なよろよろ歌をまつすぐに消しゆく赤きボールペンにて

年譜にはさりげなけれどこの項の裏面にひそむ怒りをわれ知る

小田原の風鈴二鈴わが眼にはゆれゐるのみの夏の夕ぐれ

おふたりは歌を詠む人いとしごの苦を分かち負ふ戦友夫妻　S氏

神居古潭《かむゐこたん》の石を置く庭　東京に生れし虫がその陰に鳴く

半世紀に十度《とたび》も会はねわが胸に静かにのこる吉野昌夫氏

パン屋一生

若きわれひと恋しさに蹴りたりし春の鉄路は此処なりしかな

由比ケ浜海の家にて働きしかの夏　紅《べに》の濃き氷水

人間のよろこびとして働くを三浦しをんは小説に書く

コンビニにはたらく青年長髪を結んでおにぎりの棚を整理す

道路工事の傍へに立ちて旗を振り車をさばく勤労の人

レントゲン技師の合図はこの今を働く声にてわれは従ふ

看護師はみな潑溂と勤務せり採血室の不思議なる熱気

音なくて白衣のうごく薬局のガラスの内ら神聖に見ゆ

五歳より睦みきし君はパン屋さん町の一隅を匂はしつづけぬ

町の人のよろこぶパンを朝に夕に焼きて供せし友の一生

勘三郎も団十郎も大鵬もパン屋一生のわが友も逝く

これはしたり

すぐそこにゐるかのごとききみのこゑ受話器を置けばきみ遠きなり

若さゆゑのまた老ゆゑのあやまちのさまざまあれど後者は悲し

操人形腰をおろしてゐるやうな理屈倒れの歌の哀れさ

軽き咳してゐし母のかたはらに煙吐きゐしこの馬鹿息子

ふり返りつくづく思ふ病の字使はぬ歌を詠みたかりけり

十月より十一月へ天高き日のありわれの胸郭満ちよ

ますぐなる賢き木あり両の手を伸べてしづかにゆさぶる吾は

一万年にあと十年といふごとき亀のかたちの石を戴く

これはしたり美人女優に見とれゐて服み薬ならぬを飲みてしまへり

飲食

炭火にて焼く餅ならずトースターに目盛り合はせてふくるるを待つ

白菜の手に冷たきを揃へては庖丁に切る南蛮赤し

牡蠣鍋に味噌をおとして味見してお手塩《てしよ》に柚子の黄金《こがね》を絞る

先生とふたりの酒宴　剣菱の一升壜のかの正月や

酒飲みて天地有情《うじやう》のよろこびを詠みしわが歌女将《おかみ》に盗まる

焼鳥屋おでんや越後屋五城の目箸の袋のわが歌の数

龍に寄せて

いかのぼりきのふの空のありどころ　蕪村

昭和の子戸山ケ原の　凧《いかのぼり》　龍の一字の躍りけるかな

辰年の天のいくさのいかのぼり深傷《ふかで》負ふとも落ちてはならぬ

見つづけむ天のかたなのわが龍の立往生を地上にわれは

蒼天にひとつ残れる戦龍《いくさりゆう》いまは手操らむこのわれの手に

辰の年よく戦ひしいかのぼり帰り来よ傷はかならず治す

蒼々《あを》とはるけき天のわが龍よ平成二十四年は畢る

Ⅱ

2013（平成25）年

春気

君ねむる墓碑に彫られし駒草に新しき年の日は射すらむか

神居古潭の淡青の石　東京の雪つもらせてやすらかに見ゆ

薄雪のきらめきにつつ丈ひくき青草今朝は春気を放つ

鳥の来て去るまで枝を移りつつ一切無駄のなき仕草なり

この庭になかりしものの芽吹きなどあるらし日ごと鳥の来鳴くは

白木蓮の芽生えて十日みどりごのやはらこぶしが月光に見ゆ

茶房 acacia

二三日歌のリズムがあたまより消えて乾燥芋のやうなり

茶房 acacia くもれる玻璃に人見えてけふの集ひは詩を誦むらしも

地に落ちて真紅の椿面伏《おも》すと天に向くとあり面伏す多し

勇往邁進のごとき構へに歩み来る「健康のため」の老人怖し

駅まで送り家まで送られ駅まで送り語りやまざりきその友も亡し

駅の階段追ひこしてどんどん行きたまへかつてのわたしがさうしたやうに

原発による苦しみを逆撫《さか》でて原発を売る男の笑顔

思ひ出づるあの音ならむわれは眼に音を見るなり石を打つ雨

清瀬村はサナトリウムのメッカにて石田波郷の書名にのこる

『清瀬村』地図のカバーの切なさも斬新なりし波郷随想集

「雁やのこるものみな美しき」兵たらむ日の波郷は詠みき

バットの函に誌しし草田男われはいまレシートの裏に一首を誌す

晩夏光バットの函に詩を誌す　中村草田男

花便り

皹割れてひりひり痛む親指を拳につつみ花便り聞く

皹割れし親指の尖が触れしときコップの縁《ふち》の蒼く光りつ

理髪店の大き鏡の虚像より抜けきたるわれいづこへ行かむ

蝸牛のごときを耳に装着しあやしげに聞く万物の音

土色の小さき雀たのしみもあらぬごとくに青草つつく

眼の前のこの小禽を石田波郷は焦土の色の雀と詠みき

去年《こぞ》の春気道塞《せ》かれて一瞬を火花のごとき覚悟奔りき

悲苦さまざまありし一年かへりみれば大き楽観に包みて過ぎぬ

みづからの肌に寒暑を問はずして気象予報士の指示まつごとし

この青年が孫の伴侶か見上げつつ伸ぶるわが手が包まれてゐる

薬局に用はなけれどさくら薬局つつむ桜を見にゆかむかな

赤きポストのうへなる桜ずつしりと無疵の花が雨したたらす

病院の裏の門より正門へ落花を踏みて通り抜けせり

悪を生む巨大システムの温床に人情といふ温《ぬく》きものあり

易きを求め危ふきを避くる人情の悪を生みゆく過程を思ふ

常盤まんさく

地に低き草花たちをなぶりゐる春の疾風《はやて》になぐさまぬかな

清らかにさびしき歌集読み終へて読後感一行に力を絞る

点眼に濡れしまぶたに雲を見る涙は熱しなどと思ひて

人間の世に次々と愚を為して為しゐることを祈る人間

常盤まんさく垣根となりてつづきゐる四月の路は駅へと至る

この路に常盤まんさくの垣編みてけふ姿なし職人たちは

男の子の兜今年も飾られぬ緑児はこのわれなりしなり

この兜もとめたまひしちちははよ八十四歳端午の節句

「飲む」といふ一語が酒を意味したる日は過ぎ去りてカプセルの色

もう疾うに移されにけむ校長室のガラス書棚の空穂全集

人はみな一人の「吾」を生きてゆく勝たむと身体をぶつけ合ふ力士

＊

会へば必ず姿勢褒め呉るるご婦人の近づきくれば背筋を伸ばす

背筋伸ばして歩みてゆけば案の定ご婦人褒めてくれたり快哉

ご婦人はもう振り向かじ振り向くな　すこし背すぢをゆるめてわれは

雲の汀

この浜に打ち鳴らす鐘はわたつみのかなたの雲の汀に染みむ

わたつみのはるかに雲の汀あり佇ちてこちらを見てゐるひとよ

わたつみの一語がわれにひびくもの「豊旗雲」と「こゑ」とかなしき

敗戦後十七歳のわれの読みし『哲学以前』のぼろぼろが出づ

出隆著

よべの風収まりしかば木草たち小庭しづかに明くるを待たむ

宵の口の小さき地震《なゐ》に目覚めしがそれより歌を詠むに昂ぶる

足裏の痺れは見えずわれのみの感覚なれば踏みしめて立つ

ポストへと角をまがりぬいまわれは待たれて急ぐ者にあらねど

＊

珈琲とケーキを前に二十代のひたくれなゐを語りたまひき

改札口に手をふりたまふ視界よりわれは消えたらむエレベーターに

四季の道

四季の道と呼ばるる道にその生を定められたる樹木の一生《ひとよ》

ゆりの木はまつすぐに立つ真直ぐに立つ木々のなかこのゆりの木は

ゆりの木の高きにそよとそよぐ葉に濃き情念を持つやと問はる

梢には情念灯し根方には思念を宿すこの樹木たち

ははそはの母ちちのみの父　異なれる病院に六月《むつき》の間《かん》に過ぎにき

たたまれし卓袱台をまた組みなほし宿題をせりき幼き夏の日

橋の名を思ひ出でずも千曲川鮎跳ぬる見し若き日の橋

読み難き名をつけられし緑児に明日がある長き一生がある

「清光館哀史」

久慈といふその名も一つ東北の寒村は『雪国の春』にて知りき

柳田國男が久慈の盆踊りを書きたりしあの懐かしき文章読まむ

「清光館哀史」を老いてまた読みてまなぶた熱し「はアどしよぞいな」

＊どうにでもしてちょうだい

発条

用ありて電話したるにそちらのこと早口に聞かされ切られてしまひぬ

用ありて日常はあり雑用と用の間にある薄き膜

その人の来し方やゝに知りたれば一首にかげのまさりきたりぬ

フェルメールに相違なけれど掌《て》にのせてペンダントなれば眼をこらし見る

清掃車のうしろが開きて次つぎと芥の袋嚙まれゆく見つ

老の手が肩包むがに歩みくる仔細かかふる母と子ならむ

室内の花のためにと添《そへ》書《が》きされトレドの泉の水がとどきぬ

トレドの水旅をしてきて日本の水無月の花にそそがれにけり

さんさ時雨を踊る娘ら魯迅作「藤野先生」を読んだだらうか

識閾につねにありつつ折々の発条《ばね》として身の傷を見つむる

待ちぼうけ

絶壁の一歩退《ひ》かばに身を置きて生活者たりし筑波杏明

杏咲く君の郷里をわれは知らず一生《ひとよ》都会にたたかひし君

機動隊員柿沼要平はどこにゐるかとデモの列中にひそかに思ひき　六〇年安保

しばしばも君持ちくるる花束にわが病室は花園なりき　平成三年冬

警備員の部下に指示する君のことば懇ろなるをただ一度聞く

警官ならず重役ならずあゝ君は歌人の生を貫きたりき

まひる野叢書第二四八篇は君を待つ欠けたるままに待ちぼうけなり

近きよりまたひとり友の消えゆけり条理不条理を超ゆるかなたへ

骰子

茄子あらず胡瓜の馬をひとつ置き鉦うちて父母のみ霊迎ふる

こののちを幾たびわれの為し得むや迎へ火を焚き送り火を焚く

向ひ座席に小やみなく膝をさすりゐる妻なり次が降りる駅だよ

予期せぬに呼吸くるしきまひるどき不意に心の荒れなむとする

双六は遠い日のこと骰子《さいころ》もころがりしまま行方知れずも

うなかぶすことなく夜の向日葵はおのれの影を月にめぐらす

満ちて欠けて月は永遠《とは》なり人間の一切のこと生れて死んで

たまゆらのいのちの雫相寄りてひとつになりてひかりて消ゆる

念のため読んではみるが評論に靡くがごとき歌はつくらず

印鑑証明必要とする生活の一端ありて秋の日をゆく

鼓動

いのちあるものの鼓動の緩急を思ひつつゆく落葉の道を

理に適ふ呼吸をなして植物は彩りつくしやがて散りゆく

進みゆく時とつりあふこのいまの思ひと言はむ呼吸が寧《やす》し

老いては子に従へといふ言ひ伝へ三分ばかりは従ひてゐる

欄間より射す月光は寝室の障子に明き帯を展べたり

アパートに入りゆく青年階段下の鉢植にかがみ何か言ひをり

ニッケル貨拾ひてくれて手の内に拭ひてわれの手の平に載す

「大阪に帰ります」と孫が言ふさうかこの子は結婚してゐた

巨大なるタンクの下に防御服の白点々とはたらく人ら

防御服の白清潔に見ゆるとも不安に揺るるこころを包む

爆弾を積みたる無人機を操作する見えざる人間を「敵」とし呼びて

スイッチひとつ指に倒すや無人機の胴体割れて爆弾落ちる

爆弾を積みたる無人機が空をゆく「敵」をもとめて青空をゆく

「體内に機銃弾あり卒業す」この人いまも健在なりや　句・西東三鬼

体制の側につきたるかの男錆びたる鉾を今は隠して

筆

信号を渡らむとして立冬の雲に一会の思ひをいだく

歳月に球《たま》の凹みを穿たれし石なり雪の国よりとどく

失ふ日必ず来るを思はずに得てしまひたる切なさにゐる

枯蔦の壁に這ふ家あの部屋の本の狭間にいまわれ不在

面影橋初めて立ちしかの橋に少年われは誰を思ひし

このやうに違ふ生活をする人の歌に同じき思ひを知るも

昨夜《よべ》の窓風を怺へてありしかど急げる雲を映せり今朝は

拙きは言《こと》には言はず筆を擱きてわれは十指をほぐしてゐたり

木蔭の花に

巻頭に歌の置かるる責任を木蔭の花に問はれてゐたり

通勤に使はぬ電車となりてより駅名にかつての重さ薄るる

歌の友めぐりにありて語りつつ発車を待ちし幾度かの旅

空想にゐがきゐる旅かの友をさそはば行くとかならず言はむ

薬缶よりポットに水を注ぎつつ軽くなりゆく薬缶の重さ

千変万化してゐるこころこの今の心に歌は推敲を待つ

沈んだり浮き上がつたりわが胸の枯葉一枚大河をゆくも

呼気吸気意識にありて見る空を胸ふくらまし鳥のとびゆく

パソコンは光を呼ばずぬばたまの闇に途方に暮れてゐるわれ

大夕焼ひろがるまでを見つつゐてわれのゆくべき汀をおもふ

「この病気で窒息死かも」と言ひたれば「次の歌集は」と妻に問はれぬ

若き歌友の婚儀・松本牛伏寺

誓詞よむ青年僧はま緑の法衣の袖をかかげてぞよむ

三三九度の御酒《みき》をつぐなる黄の衣わかき頭《つむり》をかたむけながら

千古の昔「秋山われは」と詠ひける額田王と握手をしたい

甲府駅のホームをあゆむ老姉妹黒きコートの手をつなぎゐき

Ⅲ

2014（平成26）年

光の窓

この年の最後の読書『高安国世』七十歳《ななじふ》の死を思ひて閉ぢぬ

玄関の額に梟七羽ゐてミネルヴァの一羽ねむたげに立つ

あかつきを飛び立つ梟大年の夜の玄関の額にねむれる

家々の窓の灯《ひ》明し雪やみて夜の大気はうすきむらさき

雪晴れの午後深閑と物音の遠く離《か》れたるわが耳と識る

雪を積む土の中にて木草の芽音たててをりわが耳は聞く

真夜中に歌記さむと鉛筆をさぐるに指のあかぎれ火を噴く

呼吸やすくなし得ぬ夜の時すぎてねむれぬままに生死をおもふ

蒼々とくれゆく空ゆ降る雪の清らにつもれわが胸郭に

雪晴れの光の庭に昨日までありし水仙　今朝昇天す

聖書よむ少女の塑像雪消えて黄の水仙にとりかこまれぬ

枝離《か》るる刹那落葉のすがたにて地に着くまでのかたちを目守《まも》る

一斉に芽吹かむなかにそのいのち全うせむと枯れたるが立つ

み柩を
地下駅の1番を出れば四季の道青葉の影を踏みて来ませよ

わが前に痩せて立つ木はソクラテス幹蒼白く「世界は」と言ふ

そのときはそのときのこと急がずに丁寧に咲けと落花が言へり

その時はそのときまでといふ覚悟けし飛んで呼吸にくるしむ今の今

この歌がひとに読まるる時までは死にてはならじと推敲をする

受動的に生くると見ゆれ壮《わか》き日には知るを得ざりし積極を蔵す

大津波に呑まれし子らと撃沈されし対馬丸の子らと悲《ひ》は異なるや

対馬丸・一九四四年八月、撃沈された輸送船
大津波・二〇一一年三月、東日本大震災

み柩を運び申ししはただ二回恩師窪田空穂・窪田章一郎の

苦しみを悲しみを美《よ》きこゑにかへ歌に遺して人は過ぎにき

虹のごとしも

春爛漫　呼吸器にそれは楽だから寡黙な人にならうと思ふ

ビルとビルつなげる橋の春風のやゝつめたきに吹かれてわたる

旨きものつくりて呉れて泊る子に父のリズムの微妙にくるふ

ここに生れここに死ぬべきこの国をかつてなかりし距離もちて見る

解離性大動脈瘤に逝きし石原裕次郎　肺気腫に逝きし宇津井健　親しも

重き袋は妻に持たせて葱一本突き出て軽きを提げてゆく春

不具合をながく生ききてそれなくば得ざりし智恵は虹のごとしも

わがことのかかる煩瑣をさばきゆく司法書士なる人の仕事は

鉄のにほひ皮革のにほひ軍服の汗のにほひの昭和十年代

隠忍自重の末の戦《いくさ》と悲壮なる声は狂気の声になだれき

忍耐

はなやかに若々しかりし歌友らの写真に過ぎし風景も見ゆ

歳月をともに励みし女《め》の友ら身盛りながくうつくしかりき

子を育て歌にはげみていきいきとありし友らか戦《いくさ》なき国に

介護タクシー降りたる君は鮮やかなる黄のセーターにややほそく立つ

不安なき呼吸に人と会話する普通のよろこびをすこし失ふ

この路の路面の煉瓦欠けてゐて昨夜《よべ》の雨水《うすい》をわづかにとどむ

たちまちにかの人は逝きおとうとはながく明るく病みて衰ふ

今にして沁みて思はるかの時の父の決断母の泪の

今にして知ること多し静かなる母はも父を支へいましき

一週間歌なきわれは忍耐し頭《づ》に韻律の鳴りくるを待つ

わが歌

早蕨を清らに濡らし夜の明けをわが精神の川は流るる

身に叶ふこと減じつつ残りたる幾つかの中の歌を詠むこと

郵便をポストに落としもうすこし歩かうと小さき決断をする

限界の高さに伸びて樹木らはそれぞれの天に触れてよろこぶ

疾風怒濤《シュトルム・ウント・ドラング》を経て泰然と楠は在りゲーテの樹なり

楠はマントのゲーテわれを見て微笑みて言ふ「やがて汝も憩はむ」

ウェルテルと名づけたる樹は悩みなどどこ吹く風と光を散らす

蹌踉と旅ゆく杜甫に似たる樹が「国破れて」とわれに呟く

旅立ちの芭蕉が見たる魚の目の涙の色か柘植の葉の露

行く春の陽暦五月十六日芭蕉の聞きし鳥かさへづる

すつきりと立つゆりの木は誰ならむ比《たぐ》へてみたきひとを思へり

この路に楷の木なけれ遠方より朋来るけふの楽しからずや

この街に見るは稀なる草生にて安心《あんじん》のさまに雀の親子

祝日も働きてゐる人のあり塵芥《ごみ》の袋のなき街の角

セイロンの紅茶淹れつつ思ふかなこの葉を摘みし人の指先

定型の律奏づるは永遠にあらぬすがたに流れゆく雲

夕ぐれのしじまにこゑを滴らせしたたらせゆく黒き鳥あり

歌詠みとなりしは友ら教へ子ら先立ち逝くを悲しむためか

明日といふ未知の日はあれ若き日と若からぬ今といかにか違《たが》ふ

若き日の明日は藍色若からぬいま見る明日は青にあらずや

当事者がわれならばいかに対処せむ自問してながき逡巡にをり

「君はどうか」ふたたびみたび問はれても「否」と言ひ得る者石を打て

柳田國男が『雪国の春』を書きしころの言葉の力思はざらめや

「惜みなく愛は奪ふ」を戦後に誦みき伏せ字多きに怒りつつ読みき　戦中版

インバネスにステッキを持つ横光利一「旅愁」は未完の大作なりき

忘れさせて呉れる歳月　忘れさせて呉れぬ歳月　忘れてはならぬ歳月

人間の鎖一か所欠けてゐてこのわれいまだかしこを埋めず

この国の明日思ふとき抑へがたき焦りのごときものうごくなり

国のゆくへあやまたざれとわが内の藁いつぽんの力に祈る

終《つひ》の日を思ふことありそのことを歌に詠むなりいまこのやうに

わが歌（長歌）

人として　をのこに生れ　人として　妻子を愛し　天地　善悪
戦争　平和　つづまりは　生と死をこそ詠みきたるなれ

砂時計

砂時計の砂さらさらと啄木の指の間を落ちて百年

クリニックに通ふ朝々舗装路の割れ目の草は丈夫かと見る

芽生えしはいつなりしやと足許の夏の落葉に佇みて訊く

浜木綿の百重《ももへ》を照らす月のかげ父母の齢を遠く過ぎたり

仄かなるくれなゐの雲見てをればほとけのごとく消えてゆきたり

いよいよにかすみきたれる眼《まなこ》もて心の奥のものを見むとす

少年のころの町にはあちこちに越後屋駿河屋三河屋ありき

人間の器

健やかに聞ゆるらしきわれのこゑ受話器を置きてしばらく喘ぐも

行動の範囲せばまり想像の範囲ひろがる大夕焼や

青年期・壮年期知るそのひとの老は歌にも偲ばむものか

三時間で妻の読みたる一冊をよぼよぼと十日を経て読み了へぬ

最終頁に至りて「さうなのか」と胸に落つ死の継承の豊かさの意味

終《つひ》の日まで揺れ定まらずあらむともわが生き来しをわれは是とせむ

幾たびも思はるるかな元大関魁傑六十六歳の死を

雲流れ夏の大樹は天を刷く人間の器といふを思へり

ジーンズ

聞えると妻言ふ鳥の囀りのきこえず八十六歳の朝

喧嘩腰で歌を詠まむと起きがけにジーンズをはくわが誕生日

たのもしきジーパンはきて道の角ごみ袋運ぶわが誕生日

古雑誌縛りて山と積みあげてトラックを待つわが誕生日

霊柩車出でますころか何となく時計を見つつ手を垂れてをり

賜ものの蜜柑をむけばひりひりとひびわれに沁むわが誕生日

事ひとつまた事ひとつ緩慢にされど確かに為しをりわれは

はしけやし

大銀杏の初冬の空のグラデーション見惚れつつゐて声かけられぬ

大夕焼ひろがりひろがりかの辺りいづこの海に映りてゐるか

点滴も老の道草つぎつぎにレモン哀歌がかがやきて落つ

レモン哀歌・高村光太郎の詩

軽からぬ呼吸に思ふ子規居士は「痰のつまりし仏」と詠みぬ

両脚を失ひてなほ曇るなき教へ子のこゑが受話器にのこる

われよりも重き病にありつれど明るき顔の弟よ義弟よ

雨宮雅子さん（二首）

雨やみて水面に映る水の花の清らなる字の手紙のこりぬ

信仰をもたざるわれは棄つることもとより知らずその苦しみを

十字架を背負ひて長き石段を踏みゆく人の御踵見ゆ

花伝書は書架のかしこに納まりて差しのばす手に抜かるるを待つ

頼まれて果たし得るかと迷へども最後とならむ思ひもて受く

はしけやし文語定型固からず清らに詠むが目下の大事

教育について

音楽家　黒澤隆朝氏

軍歌　軍歌　軍歌の時代に埋没して黒澤隆朝先生音楽の授業

端正にて憂へげなりし音楽講師　戦時の少年に気高く見えし

アッツ島　ガダルカナル島　比島　硫黄島　玉砕といふ美名の血潮

アッツ島玉砕のうたをただ一度斉唱させたりし黒澤先生

中学三年時の国語、土井晩翠の詩「鷲」（『天地有情』所収）の授業にて、H先生。

晩翠詩の「恋」の一字が「愛」とあるを教師に質《ただ》し叱られたりき

こういう「学びの庭」があった

兵隊服と何変らざる制服の昭和十六年中学一年生われ

生徒の頰叩きつづけし教師への怨念いまだ曳きずるわれか

暴力教師「ヤッチマオウカ」と謀りたりし暗き暗き暗き洞を消し得ず

軍隊の上下序列の亡霊に憑りつかれゐしかかの教師らは
暴力を教育とせし戦時下をしばしばおもふ暗然として

十五歳の夏（板橋区志村坂下）

辛うじて生産続く昭和十九年七月八月の軍需工場

軍需工場寮の一室友どちと拳もて壁を突きまくりたる

軍需工場寮の夏の夜「嗚呼玉杯に」がなりゐて教師にびんた食らひき

玉砕のニュースきこえ来《く》寮の廊下に体罰の正座させらるる耳に

比島

軍需工場寮の記憶に体罰を受けし一夜やそのほかおぼろ

それは島崎藤村の「高楼」であった。昭和二十年三月。板橋区志村坂下。

工場の廃墟の中ゆ女学生の斉唱を夢かと聞きにし記憶

遠き別れに堪へかねて
この高楼にのぼるかな
悲しむなかれわが姉よ
旅の衣をととのへよ

十六歳の夏（第二早稲田高等学院に入学。三鷹の軍需工場）

一年生のわれらを前に二年生は「人生劇場」を読めと演説す

肺浸潤をわれに告げたる軍人はつづけざまに怒鳴りき「この不忠者め」と

勤労動員敗戦間際の軍需工場ただ白々と太陽照りゐき

「勤労」のひびきはよけれ「動員」の二字加ふれば複雑になる

胸底に小さく重く据ゑたきは勤労動員学徒の碑なり

玉砕・散華

西暦より六六〇年早いのだと肇国の歴史われ学びけり

玉砕も散華もいまだわが胸にいくさのかげを曳きずることば

戦場に死ぬを散華と教はりぬほとけ供養に花びら撒くを

海ゆかば　撃ちてしやまむ　醜の御楯　まことの意味は戦後に学ぶ

陸軍中尉の配属将校は、しばしばわれらに唱えさせた（中学校校庭にて）

大日本帝国は神の国なり
天皇陛下は現人神なり
われらは大政翼賛のために生れ
われらは大政翼賛のために勉学し
われらは大政翼賛のために働き
われらは大政翼賛のために死せん

十六歳まで受けし教へを呆然と思ふことあり「現人神」を

恩師

「人権」といふ語を知りしおどろきは戦争《いくさ》終りし十七《じふしち》歳の秋

すさまじき体罰に批判なかりしか質すにすべなしK先生あらず

戦時の中学なつかしからねその中に恩師とよびたき人を数ふる

異常時代に人間性を喪はざりし「先生方」を老いてわれ思ふ

わが「歎異抄」体験（長歌）

わが第一歌集に左の一首あり。

　わが心のよくて殺さぬにはあらずとふ聖の言葉いま怖しき

六十余年後のある夜、卒然として長歌一首を得しが、右の歌はこの反歌にあらずやと、みづから厳粛なる感に打たれたり。

戦争に敗れて五年　学業の半ばをわれは　胸病みて二階の部屋に
看病を母に委ねて、詠みそめし歌を支へに　遠星《とほぼし》のひかりむさぼ

り、偉大なる失意の日々を　送りける詩人[1]の灯《ほ》かげ　慕ひては天[2]
井凝視

おなじころ階下の部屋に　八十も半ばに近き　祖父居りて夜昼と
なく　娘なるわが母をよび　あれこれと世話を頼める。「厭[3]がら
せの年齢」といふ　小説の主人は老婆　されどそこに祖父をかさ
ねて　わが心暗くはかなく

大家族養はむとて　新しく会社起しし　ちちのみの父は夜明けゆ働きて夜更けを帰る。朝鮮に戦乱起こり　騒擾の国の内外　然《さ》るなかにわが家族らの　幸せと他人《ひと》には見ゆれ　寝るまなき母の苦しみ

その季節記憶になけれ　夜の更けて祖父のよぶ声　家族みな昼の疲れに　眠ざむるはなしと知られて　よろよろとわれ立ちあがり

あやふかる足に階段《かい》踏み　祖父の部屋に忍びつつ入り　やうやく
に祖父を坐らせ　その背《せな》を手もてさすりて
骨だちし老の背中を　さすりゐてなほさすりゐて　顕ちくるはつ
ね静かなる　ははそはの母の面輪の　歎きをば言はぬこころの
おもはれて　おもはれて　なほおもはれて

わがこころのよくてころさぬにはあらず。また害せじ
とおもふとも、百人・千人をころすことのあるべし

わが脳裡電光のごと　切り裂きて過ぎゆきしもの。全身につめたき汗の　噴き出でて心わななき　祖父の背をさすりゐし手の　をののきてをののきやまず。胸にひびく激しき動悸　とどむるにせんすべもなく　わなわなとわなわなと　くづほれおちて

反歌

わが心のよくて殺さぬにはあらずとふ聖のことばいま畏しき

1　リルケ
2　吉野秀雄歌集
3　丹羽文雄

表札

教へ子の先立ち逝きぬ弟に死なれしかの日思はせて逝く

教へ子の訃報相次ぐ幾たびもその名つぶやき悼むよりなし

言ひかけて已むことのあり来向へる冬の樹木を思ひなどして

あまたなる労働を経て末端のわが手にとどく塵紙一枚

葱に土かぶせて庭の一隅を深谷の畑のつづきとなしつ

この年を以て、平成十年十月いらい担ってきた歌誌「まひる野」の発行所を、次世代に引き継いで貰うこととなった。二首。

表札の読みがたきまでになりたるをはづして洗ふ「まひる野会」を

表札の古りしを洗ふ「まひる野会」ついでに「橋本喜典」も洗ふ

Ⅳ

2015（平成27）年

ゆゑにわれ在り

両陛下の御背《おんせ》に思ふ祈りつつ励ましつつ慰めつつ旅をするひと

天皇の御胸のうち戦争のできない国をと念じいまさむ

急速に強きをめざすこの国に生きてゆくのか少年少女ら

矢のごとき雨を降らせて駆けぬけし啄木の雲天才の雲

常盤木は落ちず枯れざり藤村の若き歎きが冬空に立つ

信号を待つ間をわれは冬空にステッキかざし雲をなぞるも

八度目の未の年齢《とし》と雪国のきみの賀状に花艶《にほ》ふなり

さねさしさがみの若菜なな草のいのちいただく日本人われ

介護ならぬ開悟ベッドに熟睡《うまい》せむ冬ごもりやがて春のうたたね

大寒の雨に真直ぐに立ちてゐるこの裸木はいつはりもたず

庭草はうちなびきをり冬空の雲を押しゆく力は静か

詩人リルケ『愛の手紙』に背をのばし抜きてガラスの棚に置き換ふ

懸命に生きし戦後を歌に知る同世代歌人またひとり逝く

われ思ふ　大いなるものに支へられ　ゆゑにわれ在り　椿に対す

分かち得ぬ一己の痛み知るからに終《つひ》にえらぶは祈りの言葉

遊於藝（藝に遊ぶ）

秋艸道人「遊於藝」の扁額に日のさして蔦のかげが揺れをり

身体の不自由言はず一隅を照らしつづけし教へ子逝きぬ

相次ぎて仏となりし教へ子に彼岸の花は何を選ばむ

地に額《ぬか》をつけて祈れる人びとの背は悲しみのかたまりと見ゆ

へなちよこな歌よとわれはみづからを嘆きゐたりきいささかの間を

歌を詠み独りの文に努力するかかる時間を恵まれにけり

ためらひて書き送りきしひとありて歌友《とも》の夫君《ふくん》のみまかるを知る

聞きかへし聞きかへしして聞えねばどうでもいいといふ気にもなる

わが書斎建てむ四隅に菊水の御酒《みき》そそぎ清めの米を撒きゆく

メロスは走つた

診察を受くるも用なれ用もちて急ぐ人らとすれ違ふ朝

地に低き子犬の見上げゐる界はわれにはあらず桜花燦燦

東京の空をはなれて野遊びをせむとゆくらし雲の足どり

フェルメールのマグネットもて約束のメモを貼るなり約束たのしき

大小に関りあらず約束を果たすよろこび　メロスは走つた

隣室のかの棚に置く一箱のチョコレート思ひ安寝《やすい》しなさむ

勅語勅諭諳じたりき歴代天皇いまも役立つ隠し芸にも

小さき地球

子が殺され親が殺され号泣のこゑきこえくる小さき地球

屈強の男が銃を乱射せりいづれ男も撃たるるならむ

出征兵士送るとうたひし軍歌《いくさうた》忌々しけれど一語も忘れず

ドラマなれど戦争終る場面にてからだのどこかがほつとしてゐる

いま読めばよくもよくもと思ふなり愛国行進曲この美辞麗句

美辞麗句すなはち戦に備へよの鼓舞なりしなり愛国行進曲

「名歌で学ぶ文語文法」（角川「短歌」）の連載を終えた。

文法の林の奥に嫩葉あり落葉もありてていにをは匂ふ

文法の林をゆけばていにをはに四季ありやがて春やにほはむ

悲しむ日

いやではない、たいへんですと妻は言ふ老をめぐれる会話の末に

わが誕生よろこび父の購めけむ『昭和三年史』あゝ黒ずみて立つ

己を知ることの大事をかのときは行為に移しやすらかなりき

クリニックに上がるや突ききし杖のさき小布に拭ひし老婦人うつくし

逢ふことのもはやあらじと言ふひとに心底《した》思へども逢はむと言へり

日本のあの地この地に逢ひたきひとありて手をふるわれも高くふる

ふたたびは行くことあらねかの温泉《いでゆ》鋭《と》き水流に湯気かをりゐむ

古人曰く　理《ことわり》ならず調べなり　歌は　とわれも記さむとする

此処をしもうごかざる地と老木の梅の万枝はくれなゐに満つ

聖書読む少女の像に寄り添ひて黄の水仙の幼げに咲く

樹木らは歩むことなく春を待ちステッキにゆくわれを迎ふる

もう一度見よと鳴きしか振り向けば木の間の小鳥高移りせり

紅梅の角をまがれば遠方に郵便局の見えて眺むる

東京大空襲より七十年、東日本大震災より四年。

若者らうたつて踊つてペンライト夜空に回せり霊慰むか

三月十日十一日は熱かつたらう苦しかつたらうと悲しむ日なり

手仕事

釘を打つ音の緩急人間の手仕事なれば諧調を生む

手のこぎり　かんな　金槌　古代より変らぬ道具　人間の音

棟上げに掛けたる御幣お多福の笑みゐる下に人は働く

釘を打つ音競ふがに聞えをりここのみにある平和のごとし

棟梁の持つ金槌はくろがねの野武士のごとき風格を見す

棟梁の帰りしあとの釘箱の大小の釘に夜が来てゐる

棟上げに飾りし御幣は天井の裏に隠れぬお多福面も

寝室兼書斎か書斎兼寝室か病むも学ぶもわが身はひとつ

八十七歳書斎を建つるただ一度そして最後の贅沢として

庭の土均すことより始まりて職種継がれて小屋《せうをく》竣りぬ

鉄骨の足場解かれてわが家に呼吸もどりぬ夏空のした

夕ひかり

真夜中にひとたび鳴りてやむ電話われに重篤のおとうとふたり

お焼場に煙《けむ》あがりゐむおとうとの幼きころの三角頭

くくり得ぬ言語学者の一生《ひとよ》経て多摩なる墓地に旅を終りぬ

夕ひかり机上ななめに截るなれば腰を浮かしてカーテンを閉《さ》す

眼ざむるや痛み患ひすくなきを淡き期待として身を起こす

身を起こし緩慢なれど行動に移しゆくときこころはうごく

保険証は忘れしならず必要を知らざりしなり取りに戻らむ

郵便局にふたたび向ふ紅薔薇の垣に添ひつつステッキとわれ

影

あるとなき影を胸裡にかさねをり夏の木立の濃き蔭にゐて

事多くこころ痛める日々の妻草とる影のいたく小さし

骨脆くなりてかくある現実を医師に言はるるわが妻あはれ　転倒

手術後の大腿骨は斜交ひに接木《つぎき》のごとく止められてをり

あざなへる縄の今はも禍の底ひと思ひ面《おもて》をあぐる

白萩はなだるるごとく雨に濡れわれは最も妻を恋ひをり

思ふこと千々《ちぢ》にありつつ風鈴を聞かぬ一夏《いちげ》の終らむとする

家角に見ゆるサンシャインビルディング雑踏はもはや楽しみならず

売れてゐますと言はむばかりに「親鸞」を説ける書物の広告つづく

霞む眼に聞きがたき耳に思ふこと心眼心耳は憧れとして

しびれゐる足裏の踏む靴底が絨毯踏みて頼りなきなり

おのづから笑みのこぼれて声あげて手をとりあふといふはよきかな

梓川よ安達太良山よ宥秀《いうしう》と弘子左右に「ふるさと」うたふ

初蝶

日常

勤め人にあらざるわれは明け方に歌を作りて疲れて睡る

六十五年前の写真にゐるわれはこの十日後に病に倒れき

ビワの皮剝きつつおもふ平家琵琶聴きしことあり夏の夜なりき

戴きし招待券を差し上げて感謝をされて感謝を伝ふ

告別式の帰りと言ひて教へ子の喪服の四人が報告に来ぬ

こせこせと行く人多しステッキに胸張るわれのよろめく現《うつつ》

胸の辺に期待のごとき何かあれど淡あはとして何かを出でず

まざまざと娘に娘のあることを思ひつつ結婚の日取りを聞くも

背の丸き老人の前にコーヒーは落ちてをりたり紙のコップに

外壁の蔦剝ぎとられ残りたる一葉の影が蝶の舞見す

潮風に髪の乱るる橋らしき橋を渡りし最後はいつか

身体

ゆく春の霞の奥に滴らす左眼のさくら右眼のたちばな

たちまちに霞みくるなる両の眼の使用期限もかすみて見えぬ

弱き眼に初夏の並木の淡あはと遠くつづけりみどりの墨絵

わが持てる聖書の文字の小さくてイエスのこゑのおぼろなりけり

聞えねば笑ふ会話の外にゐてなさけなくなり一寸トイレに

蓄積が宿敵にきこえてしまふ耳　宿敵などはなかりしものを

乱呼吸に首をふりつつ歎きつつ格闘をする心と身体

長電話ふたつつづきて大きくは乱れぬ呼吸の今を嘉せむ

食事

卓袱台の前に正座し朝ごはん大根おろしでおかはりをせし

幼少のころと変らず食卓に箸は並んで白飯《しらいひ》を待つ

牛乳壜二度洗ひして乳色のうすきくもりは透き通りたり

拭ひたる皿をかさねてゆくときの音たのしみてゐるわれの今

俎板を吊るして干せばゆらゆらと安堵のさまに一枚の板

ピーマンはほそく縦切り人参は二ミリ短冊　お勝手男子

時代

この国が天孫降臨に始まるを不思議とせざりき十六歳まで

光化門の美を説く論が教科書にありしころ日本をわれ信じゐき

柳宗悦・昭和三十年代

少年の記憶につよし国防とトウセイといふ二つの言葉

統制は「言論」にまづ始まらむ黒ずみてくる時代の空気

蒼波のわだつみの声に杭を打つ「だまれ」はかつての軍人言葉

七十年の「時」を正目に思ふなりひめゆり部隊となでしこジャパンと

漢文教師声高に言ひぬこれからは 曰《のたま》はくならず曰《いは》くと誦むと

昭和十八年

敵国の人なる孔子と先生は言ひたりなにかがもやもやとせし

子曰《いは》くと誦みつつ少年のわがこころもやもやとせしが馴れてしまひぬ

独逸菖蒲《ジャーマンアイリス》まつすぐ咲けりかの国の女性首相は原発採らず

歌と生

その路は天に通はむ「路をみれば　こころ　をどる」と八木重吉は

長き晩年くると言ふひと　七十と聞きて否定も肯定もせず

聖少女の塑像は夕べ草かげにふかき思索の項を見する

みづからになさむ約束無理するな無理はしてもとふたつのこころ

山路来て芭蕉の遭ひしすみれ草宇宙の真は足許にある

初蝶や吾が三十の袖袂　石田波郷

初蝶は而立の袖にまつはりて八十八の袂にも来む

詠みきたる歌数千は感謝歴われを蔽はむ花となるべし

一瞬

戦時下の上野の駅の人込みに笑顔にて握手をしてゐし男女

年少の眼は記憶せり上野駅雑踏の中の女男《めを》の握手を

幼目に記憶のひとは和服にて品よき笑顔に握手して居りき

雑踏のなかのふたりの握手のさまドラマのごとく幼目は見し

出征兵士を送る万歳の聞えくる夕べ 上野駅男女の握手

相愛のふたりなりけむ別れにはただ絶対の握手の時代

刻まれて韻律となる歳月の一瞬の景　玉ゆらの情

女男《めを》の握手歳月超えて見えくるは「ゆかしさ」ならむ年少の眼に

いまここに見てゐる景は韻律を得しとき永き情《こころ》とならむ

ふり返る歌もまたよし引き寄する力もて詠むいまの心に

道連れ

教ふるといふ責任がこの吾を培ひくれしことの大いさ

忘れがたき一断片の言の葉の出処を探すぼろぼろの書に

信仰につひに到らぬわれながら光と影に励まされ来ぬ

ゆく雲はくづれず「時」を伴ひて書斎の窓をすぎてゆくなり

据ゑられし石は秩序の心となりいつか花野に囲まれてをり

向ひゐて葉擦れの音も鳥のこゑもきこえぬ庭に石は黙せり

庭石に須臾の間かげを置く雲の思索うながすごとく過ぎゆく

萩の葉はふかく枝垂れてしばしばも石の肌《はだへ》をくすぐりてをり

風くれば風にしたがひ萩の葉は分別あらぬさまに乱るる

教へ子に支へられつつ歩むなど思ひきやそのうつつを吾は

大き手にやはらかき手にわれの手は包まれ握られ祝はれてをり

賑やかに競ふ新人古稀すぎて芭蕉のさびをよろこぶならずや

何もしてをらぬにあらず作歌といふ一心なるべきをなしをり今も

何もしてをらぬにあらず身体の不調を日々の道連れとして

身体の不具合といふ道連れに薬のませて旅するわれは

どこからでも来い

病むといふ体験はいつか経験に昇華してわれの一部を築く

花の名を知らざるままにたのしむは礼を欠くかと図鑑にさぐる

九十歳になる筈のひとその歌を見ずなりてより消息聞かず

病院とは白きところよ車椅子にくくられし妻が手をふりてゐる

同乗し介護タクシーの内側の構造を知りぬ妻は車椅子

戴きし書簡の文字の小さくてその懇ろをなやみつつ読む

長き勤めの電話番号忘れをりおのづからなることならむこれも

山茶花の下枝《しづえ》の白の褪めゆくもののの滅びのひとつの姿

外《と》に出でて歩みたきわれ手を伸べて麻痺せる足に靴下穿かす

タクシーを降りたるわれは杖をつく姿となりて門に近づく

スキャンダルどうなる明日はと報道のつづきを待てる心の卑小

ヤマモトは数多きゆゑ通話中やつと気づきぬあの山本君

長く生きて知りたることに比例して不可知なることいよいよつのる

なにひとつ過去をのこさず逝く雲はやがて散じて跡形もなし

糸瓜忌や痰とたたかふ日常を一詩徒なれば伝へたきなり

へちまコロン・ベルツ水などははそはの母使ひゐし昭和も昔

行きて帰る心とは　あゝ　さうなのか　啓かれて一首の下の句正す

旅先に朝の列車を待つ歌は一滴の旅愁をわれに湧かしむ

喪中にて賀状書かぬが「ください」と教へ子の妻のことばよきかな

茫々漠々混沌ののち「どこからでも来い」とはじめの気持に還る

V

2016（平成28）年

歌詠む木立

「かはいさう」は使へないのだと水木しげる氏無惨に死にし戦友のため

笑へない　ごつこ遊びの一つにて兵隊ごつこありき昭和に

雪に血の飛び散りしころ悲壮なる「昭和維新」のうたはありにき

怖かりき「壁に耳あり」といふ標語「スパイに用心」と幼ごころは

一億総活躍社会と使はれて〈活躍〉の語の一気ににごる

平家にも諸官《しよつかさ》などに才子ゐて驕りをりしか今の世に似て

あらずんば人にあらずといふごときことば恥ぢざる国の司《つかさ》ら

去年今年つらぬく棒の横暴は間なく砕けむ愉しむならねど

この年のわれの親族《うから》の幸不幸その横に見る一国の危機

*

ちちははを或いは夫《をつと》はた妻を介護してくるしき歌詠む人々

認知症かつては恍惚の人とよばれ厭がらせの年齢はそれより以前

「厭がらせの年齢」を書きし偉丈夫の作家晩年は虚ろとなりし　丹羽文雄

老・病を挟みて生死を人間の実相と観し人ありしなり

みづからを励まして介護の歌を詠むそれぞれ大切なる生の断片

「お母さん」が末期のことば義弟《おとうと》は柔和なる顔に死にゆきしとぞ

冥界にふたりの弟《おと》を送りける妻に旦暮の遅速やいづれ

老といふ怪獣われに棲みつけり歌詠むわれの親友ならねど

健やかにありて或る朝忽然と逝きにし友よわが老を見よ

*

郵便受けに絵はがきありて印象画モネの〈日の出〉にしばらく見入る

人間の脳の破損を思はせて電子辞書いま終焉の雨

見るべきは見つとふことば遺しける武将は「べき」とともに沈みぬ

静かなる石に問ひたしわが耳の楽《がく》の音色の分かちがたきを

いつ見てもだまつてゐるが表情は千変万化　石のこころは

ゆく雲に「時」ばかり見て立つわれはうごかぬ石のかたはらに立つ

深閑と虚無のうす雲かかりきてまた霽れてゆく心の水際《みぎは》

なにかにと歌論はあれど歌詠むは一瞬放下《はうげ》の思ひならずや

ほそく立つハーブチェリーの尖端の口紅ほどがわが眼いざなふ

数へ日の山茶花八重の真白花今朝冠《かんむり》をなせりまぶしも

若きより能の稽古に勤しみし馬場あき子かるく壇踏みて立つ

杖は突くステッキは振るときをりは振り上げて回す弓取式　見よ

而《しか》して今を観ぜむ冬木立枯木立われは歌詠む木立

二月の桜

豪快に舞踊の姿態見せて立つ玄き木肌の二月の桜

黒々と冷ゆる木肌の無骨さは凭るをゆるさぬ二月の桜

木立とは孤り立つことかしこの木葉のなきままに二月を畢る

木立とは孤り立つことこの若木ここの一処に移されて立つ

この雨も聞えないのときかれたりざあざあ降つてゐるのかときく

日常の音のきこえぬ耳もちて他人《ひと》の識らざるこの浮遊感

誰しもが識ることならず物音のきこえぬといふいのちの在り処

師のふたり耳遠くなり逝かししを大地しづかに佇むわれは

若き友らに

いくさ敗れ生くるに迷ふわが前に詠へとごとく短歌はありぬ

いくさ敗れ伏字のままの小説に「表現の自由」を知りたる吾か

苦しみて孤独を詠みし歌に知る「表現の自由」のもつ深き意味

過ちはくり返さぬといふことば彼我いづれにも過ちあるな

教へ子の己輝《こき》を祝はむまさしくも戦後に産声あげし君たち

教へ子はみな若き友　米樹《べいじゅ》われ輝樹《きじゅ》の君らと春の校門

古稀は己輝《こき》喜寿は輝樹《きじゅ》なりやがて来む卒寿の樹《じゅ》にはなに冠らせむ

行きて帰る

かの戦後一期一会の青春のめまひのごときあこがれありき

玉ゆらの玉のひびきの幾たびぞ八十八歳女人憧憬

あこがれは行きて帰るの心なり谺はかへる言霊もまた

八十八年菫の花の一輪に如《し》かずと知りぬ帰りなむいざ

あとがき

歌集『な忘れそ』以後、平成二十四年四月からの四年間の作品より五五六首（長歌二首と、旧作の一字を改めたものを含む）を自選し、十冊目の歌集とする。

「発句の事は行きて帰る心の味はひなり。」ということばが服部土芳の『三冊子』にある。師の芭蕉の教えによるものであろう。土芳は、

山里は万歳《まんざい》遅し梅の花

を例にあげて、「こんな山里なので春をはこんでくる万歳がなかなか来ない」と心は待ち遠しいという方に行き、「でも、ほら梅の花がさいているよ、やはり春なんだなあ」と思い直すように心は帰る。山里に暮らすことの不本意を嘆くが、でも、と大自然の恩寵に思いを致す。ここに風雅のたのしさを見ているのだ。

「行きて帰る」ということばは芭蕉のそれとしてかなり以前から知ってはいたが、深く考えることもなかった。たまたまある自作の歌に推敲の不足を感じて心を残していたとき、何気なく読んでいた『三冊子』でこのこ

とばと出遭い、一瞬、ある示唆を得て自作の推敲を果たした。このことがあってから「行きて帰る」は私の中で珠玉のことばとなっていった。

その後、このことばは私の中で複雑に膨らみはじめた。この歌集の中の幾つかの作品にその例を挙げることができるのだが、たとえば「教育について」と題した三十首の群作がある。私の（旧制）中学での四年間は太平洋戦争の四年間に重なり、そこでの体験や思い出はこれまでにも少なからぬ歌になっている。しかしその多くは〈懐かしさ〉として詠んだものではない。わが中学、というときまず前面に浮びでてくるのが（いまいましいことなのだが）暴力をほしいままにしていた数名の体育教師なのである。私の中学時代回顧の歌の大凡は、恨みつらみや愚痴にならぬようにと自戒しながらも、どうしてもネガティブな面に傾いてしまうのだった。

が、あるとき、漠然と中学時代の授業のことを思っていたとき、ふと、ある想念が心をよぎった。それは少年の私の心をどこか深いところから惹きつけてやまないものをもっていた先生方のことであった。その先生方は、世をあげて「勝利に向って」という狂気の時代に、私たちを決まり文句で鼓舞するのではなく、つねに純粋な人間的成長を念じ、見守り促すという姿勢を共通してもっていたように思う。あの先生方は、あの狂乱の戦争下、どんな思いで中等教育に携わっていたのだろうか。いまとなっては知る由もないことなのだが、少なくとも私たちを一個の人間として見ていてくださった。そう思ったとき私は、「わが中学」に永年抱いていたネガティブな想念から解き放たれて、清々しい思いが湧いたのである。なんと、七十年の歳月を隔ててだ。そうしてできた歌は何ということもない歌のように思われそうだが、歌に詠み得たことでこの清々しさは私のもの、そう、私の思想となった。それは「山里は万歳遅し梅の花」に通じる「行きて帰る」の心であり、思想なのであった。

思えば歌を詠みはじめた初学の日に、「歌は作者という人間と対等のもの」と教えられ、その意味を理解したくて歌の道を歩きつづけた。途中、幾たびとなく私なりの答えを得ながら、いつしか七十年近くを過ごしてきた。それは「行きて帰る」の果てしない繰り返しだったのだ。そう思ったとき、私はみずからの作歌人生に限りない幸せを感じたのである。

この四年間、私に作品発表の機会をくださった多くの誌紙に感謝を申し上げたい。この歌集には第五十四回短歌研究賞をいただいた「わが歌」三十首（「短歌」二〇一四・八）と、その受賞後の第一作「初蝶は」（「短歌研究」二〇一五・九）からの四十二首も収めてある。これによって八十八歳を感謝し自祝しての刊行という思いはいっそう豊かになった。

短歌研究社の堀山和子様にはまことにこまやかなお力添えをいただいた。心からお礼を申し上げる。スタッフのみなさまにも。そしてわが「まひる野」の友人たちにも。

二〇一六（平成二十八）年八月

橋本喜典

検印
省略

まひる野叢書第三三九篇

二〇一六（平成二十八）年十一月十一日　第一刷発行
二〇一七（平成二十九）年　八　月十五日　第二刷発行

歌集
行《ゆ》きて帰《かへ》る

定価　本体三〇〇〇円
（税別）

著　者　橋《はし》本《もと》喜《よし》典《のり》

発行者　國　兼　秀　二
発行所　短　歌　研　究　社
郵便番号一一二─〇〇一三
東京都文京区音羽一─一七─一四　音羽YKビル
電話〇三（三九四四）四八二二・四八三三番
振替〇〇一九〇─九─二四三七五番

印刷者　研　文　社
製本者　牧　製　本

ISBN 978-4-86272-502-8　C0092　¥3000E